대 답
대 신
비 밀 을
꺼 냈 다

* 이 도서의 국립중앙도서관 출판예정도서목록(CIP)은 서지정보유통지원시스템 홈페이지
(http://seoji.nl.go.kr)와 국가자료공동목록시스템(http://www.nl.go.kr/kolisnet)에서 이용
하실 수 있습니다.
(CIP제어번호: CIP2019011063)

김유림
박은지
오은경
이다희

시
집

대답
대신
비밀을
꺼냈다

은행나무

비밀과 마주한 순간

　한 해의 비밀을 간직한 봄에 우리는 만났다. 아무도 적극적이지 않았지만 누구도 적대적이지 않았다. 그래서 즐거웠다. '저는 아무래도 괜찮은 것 같아요'라는 눈빛으로 첫 모임을 끝내고 듬성듬성 발맞추어 대학로를 거닐었다. 볕이 따뜻해서 한 해의 비밀을 엿본 기분이 들었다. 그렇게 계절의 비밀을 살아냈더니 다시 봄이다. 또다시 볕이 따뜻해진다. 모두들 잘 지냈겠다.

　우리는 몇몇 장면을 함께했다. 처음 얼떨떨한 얼굴로 마주한 이후 함께 낭독회를 기획하고 참여하기도 했다. '없는 오늘'이란 주제로 열린 낭독회에서 그 장소에 머물던 모두와 '오늘'을 나눠 가지며 '내일'을 꿈꾸었다. '함께'라는 단어가 무척 좋구나 싶었다. 이후 강연을 듣거나 책을 만들기 위해 여러 번 다시 모였다. 종종 밥을 먹고 차와 술을 마셨다. 어색하게 대화를 이어가다가 덜컥 표정을 들켜버리기도 했다. 비밀은 그렇게 순간적으로 흘러나오는 것이니까.

　그렇게 흘러나온 비밀이 이 책에 담겼다. 그것은 시인이 평생 순간처럼 간직한 비밀일 수도 있고, 순간적으로 목격하거나 오래 관찰하며 수집한 비밀일 수도 있다. "세상은 걷는 세상과 걷지 않은 세상으로 양분돼" 있다는 것을 목격하기도 하고(김유림, 〈트랙 1〉) "반듯한 덩어리의 꿈"(박은지, 〈반듯한 사랑〉)을 꾸기도 한다. "건물은 흔들릴 때마다 연인들을 괴롭게" 하는 장면을 그리거나(오은경, 〈지진〉) "날아가는 노래를 귓속에 잡아둔다고 해도 그게 나비가 아니"라는 비밀도 꺼내 놓는다(이다희, 《 》).

이게 왜 비밀이냐고, 도대체 어디가 비밀이냐고 묻는다면 그렇기에 비밀이라고 답해야겠다. 그림자 깊숙이 숨겨온 비밀이 자신도 모르게 대답 대신 쏟아져 나올 때 그것은 시가 될 수 있다. 대답 대신 쏟아져 나온 비밀을 따라가다 보면 그간 겪어보지 못한 감정과 맞닿을지도 모른다. 이미 충분히 겪었다 싶은 마음이라 해도 다른 색으로 떠오를 수 있다. 그래도 시가 간직한 비밀이 너무 멀리 있다고 느껴진다면 대답 대신 비밀을 쏟아낼 수밖에 없었던 이의 눈동자를 상상해도 좋다. 예상치 못한 위로를 받거나 당신도 모르게 오래 간직해온 비밀이 미끄러져 나오는 것을 볼 수도 있겠다.

갑작스럽게 달라진 날씨에서, 사랑하는 사람이 뒤돌아설 때의 표정에서, 골목 끝에서 순간이 감춰둔 비밀을 목격했을 때 그것은 시가 될 수 있다. 그런 비밀을 수집하는 게 시인들의 임무이기도 한 것이다. 날것의 형태로 나타나지 않는 비밀이 낯설거나 어렵게 느껴질 수도 있겠지만, 각자 감춰둔 비밀을 떠올리다 보면 비밀이란 생각보다 복잡한 존재라는 걸 이해할 수 있을 것이다. 수고를 들여 시인들의 보고서를 면밀히 살펴보자. 낯선 세계를 산책하다 보면 '나' 주위만 맴돌던 '나'

로부터 벗어날 수 있다. 그래야 내가 다시 보이지 않겠는가. 그 뒤에 만난 세계는…… 그때 다시 얘기를 나누도록 하자.

시인들은 여기에 쏟아놓은 비밀만큼, 아니 이보다 더 많은 비밀을 쌓아두었을 것이다. 그러곤 어쩌지 못하고 시로 써 내려갈 것이다. 그들의 시를 지면에서 만나면 반가울 것이고 시집이 나오면 독자로서 무척 기쁠 것 같다. 순간에 참여한 한 사람으로서 응원한다. 가끔 비밀을 공유한 우리가 생각나면 그 순간만은 함께 있다고 여겨주시기를. 그러면 조금 덜 외롭겠다.

2019년 4월
박은지

차례

여는글   비밀과 마주한 순간 ······ 5

김 유 림   담양 걷기 ······ 13
             경주 걷기 ······ 16
             트랙 1 ······ 18
             속초 걷기 ······ 21
             트랙 0 ······ 24
             단지 걷기 ······ 25
             12사쿠라가오카 걷기 ······ 28
             제방 걷기— 작은 도시의 이름 ······ 31
             그런데, ······ 34
             트랙 0 ······ 36
             시인의말 ······ 37

박 은 지   반듯한 사랑 ······ 43
             옥탑에게 ······ 45
             애초에 불가능한 일 ······ 47
             약속 장소 ······ 49
             죽은 나무들 ······ 51
             거울을 보니 검은 개가 ······ 53
             하얗고 단단한 실 ······ 55
             서랍의 눈 ······ 57
             터널 ······ 59
             입이 큰 사람 ······ 61
             시인의말 ······ 63

오 은 경   그물망 ······ 69

지진 ······ 71

낭떠러지 ······ 73

플라스틱 ······ 75

인형 ······ 76

빗금 ······ 78

텔레비전 ······ 80

철거 ······ 82

가출 ······ 83

날개들 ······ 85

시인의 말 ······ 87

이 다 희   ( ) ······ 93

늦게 오는 자장가 ······ 94

물의 방 ······ 96

어항 앞에서 ······ 97

얼음 아래에 두 발이 ······ 99

외설이 지나가고 슬픔이 지나간다 ······ 101

입구가 큰 가방 ······ 104

아침 오믈렛 1 ······ 106

아침 오믈렛 2 ······ 107

모래시계 장난 ······ 108

시인의 말 ······ 110

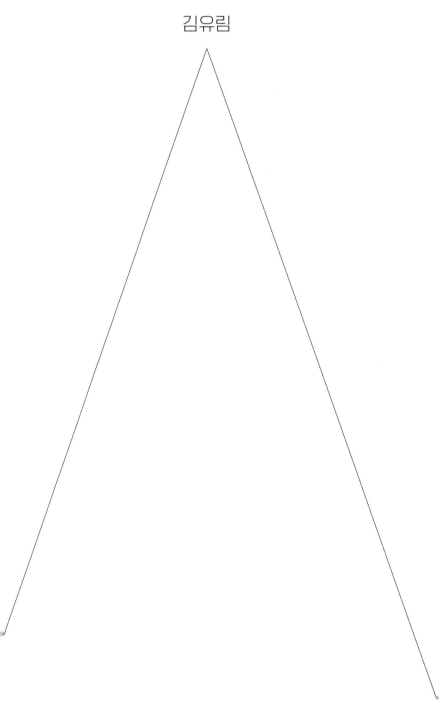

김유림

김유림은 1991년 서울에서 태어났다.

2016년 《현대시학》 신인상으로 등단했다.

재미있게 놀고 있는데 똑똑똑, 한 남자가 다가와 당신의 방문을 두드린다. 전부 제자리에 넣어두고 오거라. 잘 시간이다.

담양 걷기

어제 잠들기 전, 우리는 기억 속에서 담양을 걷고 있었다. 담양에서 유명한 곳은 죽녹원과 관방제천, 메타세콰이아 길 정도다.

갑자기 생각난 담양은 담양임을 떠올리게 하는 표지를 가지고 있지 않았다. 나는 기분 좋은 느낌에 휩싸여 한적하고 기묘한 시골길을 걷고 있었다. 손까지 시선이 미치자 내가 그의 손을 잡고 있다는 것을 알 수 있다. 그다음

풍경 안으로 갑자기 나타난 것은 버려진 공터와 공장을 개조해 만든 커피숍으로, 사위가 어두워지는 가운데 공장 외벽에 고정해둔 네온사인과 전구들이 반짝인다. 그것은 유령처럼 부유하는 듯했지만 곧 흙바람이 풍기는 공터에 내던져지는 바위처럼 쿵 하고 가라앉았다.

나는 들어가지 않고도 커피숍으로 개조된 공장 내부를 상상한다. 천장이 아주 높고 기운이 서늘하다.

좋은 향기가 나고 여러 개의 테이블이 띄엄띄엄 배치되어 있다. 한 바퀴 돌고 우리는 계속 걷고 있다.

기억 속에서 커피숍에 집중한 시간은 1초도 되지 않지만, 그것이 담양 시내라는 기억 공간에 미치는 영향이 중대했기 때문에 기억 속의 기억에서 커피숍의 비중이 커진다.

그러나 계속 걷고 있다. 트럭이 보이고, 이미 지나왔던 도로

다. 주차된 트럭 뒤에 올라타서 놀고 있던 여자아이 둘과 남자아이 하나는 사라지고 없다.

건물들은 낮고, 건물들은 듬성듬성하다. 멀리까지
내다보면 능선이 보이고, 가깝지는 않다.

산이다. 하지만 우리는 산으로 가지 않아. 계속 마을을 도는데, 이것이 시내(downtown)라고 부를 만한 공간인지는 판단할 수 없지만 기분이 좋다. 조금 들뜬 상태로

손을 잡고 걷다 개조되다가 만 한옥의 문이 반쯤 열린 것을 본다. 티브이 소리, 아이들 말소리, 즐거운 비명 새어 나오고

이상한 곳이다, 이상한 거 같아 말한다. 집도 아니고 사무실도 아닌 작은 공간에서

전등을 켜두고 도시락을 꺼내 먹는 할아버지가 흰 벽을 바라보고 있다.

통유리창 너머로 할아버지가 있는 내부의 풍경이 갑작스레 눈을 밝힌다.

날이 어둡다. 여기서 더 이상
돌고 있어서는 안 된다. 나는 여기가 담양이라는 걸 모르고 있었다. 하지만

내 기억 공간을 조금만 축소시키면 기억 공간의 경계 바깥을 이루는 또 다른 기억 공간이 나타나고

그 순간 기억 공간의 정체성이 생긴다. 여기는 담양이야. 우

리는 담양이 무섭고 신비했어. 왜냐하면

하고 생각하는데 당신은 내가 확장된 기억 공간에서 미처 도달하지 못한 게스트 하우스에 먼저 가 있다.

나는 머리를 박았어. 혹이 났었다.

당신이 나를 잡았다.

나도 당신을 이미 잡고 있었다.

여기는 물이야. 물과 같이 고요한 우리는 기억으로부터 소외된 채 침대에 버려져 있네.

오늘 밤 다시는 담양 시내를 걷던 기억으로 돌아갈 수 없어. 기분은 소진되어버렸다.

나는 그었던 당신과 안고 안고 더 세게 끌어안고 만다.

경주 걷기

품에서 나와 모퉁이를 돌자 그의 뺨이 만져진다. 우리는 화가 나서 천장을 보고 눕는다. 나는 화가 났고

그의 뺨을 때린 것일까?

그는 화가 난 나에 대해 화가 나서

여기가 어디인지를 잊고 있다. 그런데 갑자기 아침이다. 우리는 손을 잡고

자고 있다. 그가

샤워를 하고 나와서 밤에 마신 맥주 캔들을 검은 봉지 안에 넣은 것. 아주 사랑하는

그의 모습이라고

기억 속에서 기억하면서

나는 다시 어제로 돌아가고 말았다. 기억이 끝나는 지점으로 되돌아가면

천마총 공원이고, 대여한 자전거를 공원 밖에 세워두고

불 켜진 사무소에 다가가 입장료가 있는지 물어본다. 돈을 냈는지

그가 기억하고 있다. 내 기억엔

그 시간이 없어 단절된

기억 속 어두운 무덤가를 걷고 있다. 거기서

손을 얹고 화를 내는 새벽까지가

전부 사라져 폐쇄된 나는 끊임없이 무덤들의 공원을 돌고, 나갈 수가 없다. 나갈 수가 없는데, 나와 그는 웃고 있다. 우리는 서로에게, 무덤의 실루엣보다 가까이

다가가지만

여기는 야외라 기억 공간이라 해도

남들을 생각해야지

마구 끌어안을 수가 없고 그저

광대가 올라가는 윤곽을 실마리 삼아

웃고 있구나 생각할 뿐이야

당신

오늘처럼

먼저 잠들고

나는 지칠 수 없어

어떤 무덤가로든 계속해서 되돌아간다.

트랙 1

분명히 그가 오고 있었다

뒤돌아보자 아무도 없고

앞을 보자 여러 명의 사람들이 나를 보며 앉아 있다 빙긋 웃고 있는 걸 보니

내게 적의를 품고 있진 않다 나는 새로 개발한

제품을 팔아야 했다 이들은 의자에 공손히 손을 모으고 앉아

왜 이것이 최고인지 듣고 있었나 보다

만족스런 얼굴도 있고

귀찮다는 얼굴도 있고

박수를 치며 환하게 웃는 얼굴도

있네, 그는 맞다고 고개를 끄덕이며

뒤편에 서 있는데, 나를 비추는 조명이 강렬해서

어렴풋이 짐작할 뿐이다 아니야 아마

오지 않았겠지

불가능해

나는 눈물을 훔치고 사람들이 박수를 치고

나를 둘러싸고 어깨를 토닥이며

멋졌다고 이야기하는데 잠이 깼어

전혀 걷질 않은 거지

세상은 걷는 세상과 걷지 않은 세상으로 양분돼 있어
당신은 걸어오기로 했다가 걷지 않는 세상으로 가버린 거야.
그런데

재미있는 현상이 있어
나는 리본 매듭을 묶으며 말하고 그는
걸어와 내 손을 붙들고 있다

수갑인가요?
우리는 산책하고 있었다 말을 하고 있어서 그렇지
산책은 산책이었고
걷기는 걷기였다

생각을 멈추지 않아서 그렇지
내가 그에게 기억을 파는 세일즈맨이어서 그렇지요? 나는
당신에게
풀꽃으로 만든 팔찌를 매어준다

과연, 꿀벌의 춤은 8자
과연, 리본의 정석은 8자

내가 당신에게 주는 기억은 8자

걷고 또 걷는다

속초 걷기

그는 눈도 코도 입도 없이

포대기에 싸여

때 이르게 태어난

꿈의 덩어리 밖으로 팔을 휘저으며 깨어난다 폭우가 내려

서 우리가 묵는 민박집의 전화는

끊기고 아주머니가 호호호 웃으면서

여기 와도 아무것도 못 볼 거예요, 못 보기만 하겠어요 밖

으로 나가지도 못할 텐데

다음에 오세요, 속초!

나는 상상하였고 그는 수화기에 대고 난처한 표정으로 그

렇군요

의미 없이 되뇌고 있다 나는 빗속에 둘러싸인

여주인의 목소리가 아주 선명하지 못했으리라고

그렇지만 웃음만은 맑았으리라고

말하고 그는 이미 말하기에 관심이 없다 어떻게든

이 상황을 벗어나 걷고 싶으며

걷는 건 해변가였으면 말한 건 나였다

그래 당신이었잖아

고속버스 가격

민박집 가격

지금은 비수기라 아무도 없지만 아무도 밖으로 나가지 못

하고 있어요

아무도 없어요 여기

아주머니는 끊긴 수화기에 대고 계속 말하고 그렇게 내 머릿속에서 폭우로 불어난 바닷물을 바라보며

언제쯤 다시 손님이 올까

내일이면 하늘이 맑을 거예요 지나간댔으니까

금세 지나가는 비라고 했으니까

구름은 그렇다고 고개를 끄덕이는 듯하고

빠르게 흘러가지 않고 머물러, 속초 바다 하늘

너머의 검은 우주를 향해 향을 피우듯 하다

우리는 가지 않기로 했다

당신은 그래도 가자고 했어야 했어

그렇게 남겨둔 미련이 있으면 안 됐잖아 나는 그러나

괜찮다는 의미로 그의 이마에 달라붙은

꿈의 부스러기를 뜯어내고

아 너무 가볍고 솜털 같다

악몽이라고 하기엔

건조한 하늘이었고

해를 보며 주인이 웃고 있었어 무언가를 기쁘게 저지른 사람처럼

그래서 나는 걸었지 뜨거운 녹차 한 잔을 대접받고

같이 온 너에게도 먹여주고 싶어서

가을 해변을 걸어가서 아직

뜨거운 녹차를 부었지 너의 머리 위에

너의 머리가 누워 있을 무덤 위에

줄줄줄 흐르고

나의 이마에도 땀이 흐르고

눈물도 흘렀구나? 나는 당신의 눈가에서 말라버린 눈물 껍질을 떼어내며 다정히 웃는다

당신을 담요처럼 두르고

꿈으로 들어가서도 살아 있겠다고 약속할게 나는 아무도 없다는 그곳에 들어서서도 그의 손을 잡고 누워 있음을 느끼고

얼마 후 꿈에서 부활해

그와 함께

속초가 아닌 강릉의 해변을 걷는다

강릉은 처음이 아니라 두 번째다

트랙 0

아주 돌아온 건가요?

언제

왔어요?

나는 절대 그렇게…… 말하지 않는다.

잔을 들어 던지고 소리를 지르고 이불을 덮고 눈물을 흘리다가 그런데…… 로 시작한다.

단지 걷기

아파트 단지의 길을 걷는다 개를 데리고

잘 조성된 길을 따라 걸으며

제초된 풀들

사이로 개가 머리를 들이밀고 나는

이렇게 시작하려고 하지 않았다 문장은

이미 시작됐고 뒤이어

걷기의 파편들은

기억의 발뒤꿈치에 밟혀 가루가 된다

지나간 생각들

지나간 꿈들

허망한 걷기의 추억들

나는 기둥에 바짝 붙어 자라난 가지들을 본다 어떤 나무는

가지를 수직에 가깝게 뻗는다 하늘을 받치는 손들처럼 최

소한으로 움직인다

메말라 보이고

연륜이 있어 보이지

이것은 나를 기분 좋게 한다 마치

비쩍 마른 늙은 사람을 보는 기분이 들고 그는 아마도 어

떤 분야에는 정통할 것이다

모르겠다 그의 눈이 그렇게 말하고 나는

공손하고 싶어질 것이다 하지만 어떤 분야? 적어도 자기의

삶에 대해서는 정통하겠지

그렇게 말하는 그가 없다

나는 이런 환상을 믿고 싶어진다 걸으면서

나이가 든다는 건

나이가 들어서 차지하는 자리가

그림자만 한 것이야 당신과 나는 그림자로 만날 거야

개는 나보다 반보는 앞서가고 왼쪽으로 가거나 오른쪽으로
간다

목줄을 바꿔 잡아야 한다 리드미컬하게 나의 기억을 가로
챈다 그래도

아파트를 보며 아파트를 욕망하고 아파트 거실에서 티브이
를 보는 나와

그를 욕망하고

공원이 잘 조성된 단지를 욕망했다고 당신에게 쓸 거야 제
초된 무덤처럼

아파트 단지는

풀숲 새로 쿵 떨어진 것이야 그렇게 갑자기 태어나고 갑자기

무덤에 들어가듯 그와 나는

남들과 같은 생활을

생활의 기억을

생활의 기억을 둘러싼 공간을 원하게 됐었다 길을 왕복한

다 출구에 도착하면 출구를 입구 삼아

다시 출발한다 입구에 도착하면 입구를 입구 삼아

……계속 걷는다 땀이 날 때까지 그렇게

이곳에 사는 사람들도 걷는다 잘 조성된 가짜 숲길을 왕복
하며 나는 상념들을 잊고

그러나 나는 욕망한다

무언가를? 하지만

잊었다 걷다 보면

잊는다

분명 그는 부재중이고 할 말이 많았다

나는 개에게

세 번 기다리라고 말했다고 편지에 써야겠다 그런데 요즘
누가 편지를 써? 당신의 목소리가 들릴 리 없는데 나는 울음
을 참으며 기쁨도 함께 참는다

12사쿠라가오카 걷기

우리가 머물던 일본 도쿄 외곽의 주택. 그 주택으로 가기 위해선 얕은 언덕을 올라야 한다. 거목들이 언덕을 따라 줄지어 서 있다. 때는 한여름. 그 주택으로 가기 위해서 얕은 언덕을 오르다가 작은 샛길을 따라 우회전한다. 우회전하기 전
비상등을 켜고 내린다.
한 그루의 거목 앞에 마을 게시판이 서 있다.
색색의 종이들이 나부끼고 있다. 나는
게시판을 가리키는 안내원의 포즈를 취하고 그가 사진을 찍는다.
경적 소리.
소형 트럭에 자리를 비켜주기 위해 차를 몰고 간 그가 다시는 돌아오지 않는다. 나는
압정으로 부착되지도 않았는데 사진 찍힌 장소와 시간에서 꼼짝할 수 없다. 한쪽 다리를
백로처럼 들고 게시판의 글자들을 향해
미소 짓는 나, 위로
잎을 피해 내리는 햇살
만나처럼 작고 가볍다. 그는
주택으로 들어가다 말고
휠체어에 앉은 열 살가량의 사내아이를 마주친다.
고양이가 있어요.

고양이?

네, 밤엔 고양이가 돌아다녀요, 시끄러워요.

그래, 알았다. 나는

그가 자신의 미래나 과거가 아닌 기억과 마주쳤다는 걸
알고

나무 앞에서 새처럼 서 있었다. 언제라도

날아갈 수 있지만

날개가 아픈 새처럼

그러나 날개 대신 다리를 접는

우스꽝스러운 새처럼

당신이 만난 장면과는 반대편으로 걸어가거나 날아갔다.
언덕을 따라

우리가 여행을 시작했던 치토세후나바시 역의 개찰구로

나는 가고

그는 기다린다 아직 출발하지 않은 나를

기억을 만나는 주택 대문 앞에서 기다리고

나는 다시 일본 지하철을 탈 거야

공항으로 돌아가 서울로 갈 거야

서울에서 다시

당신과 누워 있는 지금으로 돌아올 거야 거기가 아니라 바
로 여기야 내가

당신을 지금 여기로 호출한다, 호출한다

들린다면 내게로 와

그는 와서 얌전히 눕는다 돌아눕는다

모르겠다

당신이 그렇게 빠른 동물인 줄 미처 몰랐어

당신이 말하고 나는 더 이상 듣지 않는다

하루가 너무 피곤해 회상은 끝나버렸다 잠 속으로 걸어가
지 않고 단숨에 날아간다 그를 두고 또다시……

날개가 벌써 다 나았나 보군, 당신은 돌아누운 나의 어깨
뼈를 어루만진다

웃고 있다

제방 걷기
—작은 도시의 이름

이 제방은 그는 모르는 제방으로

나만 아는 제방이다 그는 모르는 제방에 올라

제방에서 떨어지면 죽음이라는 각오로 제방만 따라 걷는
다 나는 안다

제방만 따라 걷는 나를 따라 걷는

한 마리의 검은 개를

검은 개의 이름은 비밀이다

검은 개의 이름은 사람과 같다

사람과 같은 이름을 가진 검은 개는

나와 떨어지면 죽음이라는 각오로 나만 따라 걷는다 혹은

나만 따라 걷거나 나보다 앞서 걷다가 돌아온다 그랬니?

나는 개에게 말하는 법을 안다

나는 사람에게 말하듯이 개에게 말한다 그것이

개에게 말하는 법이고 이외에는

전무, 방법은 전무합니다

헬기가 상공을 지나가면서 아무것도 남기지 않는다 여기는

어떤 도시였는데, 작은 도시였는데

생각지도 못하게 다리가 아름다웠다 그러니까

다리가 아닌 곳에서 다리를 향해 다가가는 편이 아름다웠다

막상 다리에 다가가

다리를 올라

다리의 가운데서

흐르는 검은 강물을 바라보자 무서웠다

갑자기 밤이었다 갑자기

고개를 들면 아직 밝았다 그러니까 착각이란 건

대낮에도 발생하는 것이었고

내가 옆에 있었던 거지? 그가

정신 차려

정신 차려

말하지 않고 나와 똑같은 자세로

강물을 향해 고개를 기울이고 있다 그건

내 배꼽이야 나는

내 배꼽을 무서워하는 거야

당신이 귀 기울이고 있기 때문에

그리고 누르고 있기 때문에 나는 흐르지 못하는 거야

누구야, 어디지, 나는 나만이 안다고 생각한 이름 모를 도시의 흐릿한 추억에서 말소리가 들려와서 깜짝 놀란다 그러나 나는 나였고

그는 당신이었다 당신은

강물에게 말하듯이

말한다 그리고

나는 당신에게 말하듯이

그에게 말해서

여기는

발각되었으니 다른 곳에서 만나자

나와 떨어지면 죽음이라는 각오로 나만 따라 걷는 검은 개
를 보냈어

가기 전 검은 개는 개에게 말하듯이 나에게 말했다

책을 덮고 내가 당신에게 말하듯이

책을 열고 읽는 당신에게 말하듯이

책을 열고 읽는 당신 곁의 아이에게 말하듯이

나에게 말했다

당연히 알아들을 수 없었지, 당연히 알아들을 수 없었다
는 게

신기하다 그렇게 꿈이 아닌 일이

꿈이 되는 거라고

그가 지나가면서 아무것도 남기지 않는다

작은 도시도

그런데,

　할 수밖에 없게 되었을 때 할 수밖에 없어서 하게 되면 때
가 되었다고 느낀다. 할 수밖에 없어서 나는 나와 같이 살던
그와 재미있는 대화를 많이 나누었으나 대화를 나누면서는
재미있다고 생각하지 않았고 다만 많이 웃었을 뿐이다. 집 벽
에는 모기를 잡고 남은 흔적들이 많았는데 전부가 그런 것
은 아니어도 일부는 어떤 형상을 띠게 되었다. 나는 어느 휴
일 밤 누워 있다가 그중 하나가 하얀 강을 건너는 해달의 모
습을 하고 있다고 생각했고 그 생각이 꽤나 그럴싸해서 그에
게 알려주었다. 그는 너무 그렇다, 고 대답했고 그로 인해 내
생각은 생각이라기보다 하나의 진리처럼 딱 들어맞는 해달의
형상을 갖추게 되었다. 그것은 하얀 벽을 느긋하게 대각선으
로 가로지르며 몸통 하단부와 얼굴만을 수면 위로 드러내고
있다. 그것이 조금 더 열심히 헤엄쳤다면 천장까지 가닿았겠
지만 그것은 우리와 비슷한 눈높이에서 잠드는 편을 선택했
다. 나와 그도 비슷한 선택을 했다. 나는 그와, 그는 나와, 서
로 비슷한 눈높이에서 잠드는 편을 선택했고 가끔은 권태가
올 법도 하지만 왜 오지 않는지를 궁금해하며 권태에게도 권
태의 시간이 있겠으나 권태는 권태에서 좀처럼 벗어나지 못하
고 우리를 방치한다고 느꼈다. 이것이 권태의 방식이라고 느꼈
지만 그것은 느낌일 뿐이었고 느낌일 뿐인 방식으로, 사랑은
사랑에 그치는 것일지도 모른다고 생각했다. 단 한 번, 그는

모닝 키스를 하다가 입에서 말라붙은 별을 뱉어낸다. 우리는 전 주인이 붙이고 간 수 개의 야광 별에 수십 개의 야광 별을 이어 붙여 은하수를 만들었고 그가 뱉어낸 건 그중 단 하나의 별일 뿐이었다. 그건 아무 일도 아니었고 그런데, 그건 아무 일도 아니어서 우리가 웃기만 한다면 우리만의 비밀이 될 그런 일이었다. 당신은 미소 지을 뿐이었다.

트랙 0

유리잔을 던지고 소리를 지르고 이불을 덮고 눈물을 흘리다가 그런데…… 그런데

창밖으로

그가 다시 한번 기쁨과 슬픔을 참으며 삽을 들고 걸어가고 있습니다.

안녕하세요.

네, 안녕하세요.

순간이라는 테마로 열 편의 시를 쓰셨지요?

네, 그런데 사실 책을 만들기 위해 진행했던 회의에서 첫 번째로 제안된 주제는 장소였습니다.

네……

네, 그런데 저는 마음속으로 절대 장소에 대해 쓸 수 없다, 생각하고 있었습니다.

네……

네, 그래서 안 된다고 개미 같은 소리로 작게 말했습니다. 강력 주장하기엔 제가 소심해서요. 그런데 의견이 반영되었어요. 그렇다면 장소 말고 순간을 테마로 하자, 고 최종 결정되었습니다.

……

그런데 쓰다 보니 자꾸 장소 주변을 맴도는 거예요. 그렇다고…… 장소에 직진해 들어가는 것도 아닌 이상한 시가 생겨났습니다. 저는 분명 그곳으로 돌아가려고 하지 않는데 돌아가 있었고, 돌아갔다고 생각했는데 그곳이 아니었습니다.

그럼, 그건, 다 지어낸 건가요?
아니요, 다 지어냈다고 말하면 안 되죠. 지어낸 것도 지어내지 않은 것도 아닙니다. 저는

어쨌든 저는, 순간에 대해 쓰려고 하니 장소로 돌아가게 되었어요. 장소를 생각하지 않으려고 하고, 장소에서 멀어지려고 할수록 장소와 가까워져 있었습니다. 그래서

그래서? 그래서 저는 그럼 아예 장소로 들어가보자, 생각했습니다. 들어갔나요? 네, 들어갔습니다. 그렇게 생각했는데요, 어느 순간 침대에 누워 있더라고요. 그러니까 전부 공상이었다는 느낌으로 말인가요? 맞습니다. 어느 순간 말입니다. 이게 어떻게 된 일이지? 나는 돌아가야 해, 그리고 나는 거기에 있어, 생각하면 장소로부터 밀려나서 지금 이 순간으로 돌아와 있었습니다. 나를 미는 힘이 강하기도 했고 약

하기도 했는데 마치

마치?

모르겠어요 마치 토닥이는 손길처럼 감미롭기도 하고

우악스럽게 밀치는 어깨처럼 딱딱하기도 했습니다 저는요, 결코 순간에 대해서도 장소에 대해서도 쓸 수 있다고 생각한 게 아닙니다. 사실 부재에 대해 생각하다 보니 자꾸 돌아가게 됐어요. 운전, 하십니까?

운전, 하긴 합니다. 출퇴근길엔 아무래도 차를 두고 다닙니다. 밀리니까요.

네, 저도 면허증이 있습니다만 운전을 하지 못합니다. 면허라는 게 그렇지 않습니까. 다른 이야기로 샜는데, 저는 이런 식으로 자꾸 새어 나가는 빛을 틀어막는 기분으로 돌아간 장소에서 겨우 버티고 있었습니다. 그래도 어느 순간엔 결국 잠이 들어버리는 기분으로

살아 있으니까

영원히 불면의 상태일 수는 없는 기분으로

떠밀려서 잠이 들거나 웃거나 울거나 아팠습니다. 어쨌든 부재에 대해 이야기하고 있었는데 또다시 잊었네요. 저는 부재에 대해 쓴 겁니다. 네, 그 말밖에는

맞는 말이 없지만 부재에 대해 썼다는 게

구조 요청이었나요?

네, 맞습니다 쓰는 동안

산에 도착하지는 못하고 산 주위를 뱅글뱅글 돌고 있었습니다 분명

옆에는 누군가 있었다고 생각됩니다 그래서 그에게 핸드폰으로 좀 찾
아봐 말했더니

　무얼 찾아야 하냐고, 그것까지 내가 알려줘야 하냐고, 서로 싸우게
되었어요 당신 정말 이럴 거야? 누가 누구에게 화를 냈을까요 나도 기
억이 안 나요 하지만

　도착하지 못해서 구조 요청을 보낸다는 심정으로

　계속 썼습니다.

　그런데

　집이었나요? 네

　전부 없었습니다 가고자 했던 마음도

　거짓은 아니었는데

　거짓은 아니었군요?

　네, 아닙니다. 당신은

　혼자서 질문하고 혼자서 답하느라 고생하셨습니다.

　아무도 묻지 않아도 묻는 게 제 직업이니까요.

　재미있네요. 아니요, 그렇지 않습니다. 당신이 제가 쓴 시들에 나오
는 당신인가요? 모르겠어요. 나는 질문하는 사람이지 대답하는 사람
이 아닙니다.

　죄송합니다.

　수고하셨습니다.

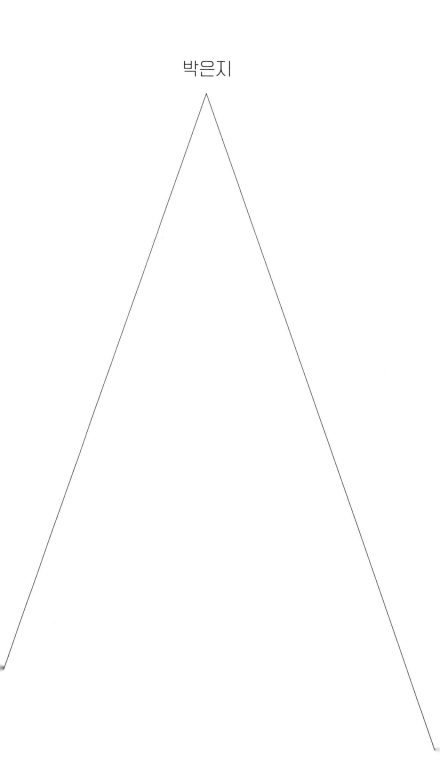
박은지

박은지는 1985년 서울에서 태어났다.

2018년 〈서울신문〉 신춘문예로 등단했다.

새롭게 탄생할 죄에 대하여도 용서를 구하오니.

반듯한 사랑

뚱뚱한 너를 좋아해
침대를 가져본 적은 없지만 침대 같고
수심이 깊은 수영장 같아
내 키를 훌쩍 넘는

어제는 내 코를 깨물었지
코가 뜯겨나가는 것 같았지만
세수할 때 욱신욱신했지만

코가 있다면
우리는 더 오래 함께일 수 있을까
내 코가 튼튼했으면 좋겠어

폐차장에 갔었다
퉁퉁 불은 차들이 도서관의 책처럼 켜켜이 쌓여 있었다
다신 빌려 볼 수 없는 것들
반듯한 쇳덩어리를 만나면
반듯하게 납작해질 수 있다
한 권의 책 같은 덩어리가 될 수 있다

점점 더 뚱뚱해지는 너를 좋아해

반듯한 덩어리의 꿈을 꾼다
어느 날은 어깨를 물어뜯기고, 어느 날은 깊은 물에 잠겨서

코가 있다면
숨을 쉴 수 있을까
내가 좀 더 반듯했으면 좋겠어
어떠한 굴곡도 없이

옥탑에게

작고 뜨거운 옥상
초록이 녹는 그곳
너를 만나러 간다

초록이 발에 달라붙는다
날 붙잡는 것들이 좋아
덕분에 사랑할 수 있어

넌 대답 대신 비밀을 꺼냈다
난 비밀을 나눠 갖는 게 조금 그래
차라리 비를 나눠 가졌으면

그러나 해는 지칠 줄 모르고

빛이 무수한 해변
우리는 붉은 모래 위를 걸었다
모래로 뒤덮인 사람들을 지나며
우리는 웃고 있었을까
다리가 아프면 저 멀리 단풍 섬을 구경하기도 했다
달라붙는 손, 기분이 좋아 걸음이 흐르고

비밀 이야기를 듣다 잠든 것인지
비밀 이야기가 꿈같았던 것인지

너의 등 뒤로 하늘이 보였다
서로 더듬이를 부딪치며 소리 내는 빛
처마 밑에 죽 늘어서서 일제히 손뼉을 치는 빛
그런데 아무리 들여다봐도 너의 표정엔 이름이 없어
캄캄하기만 해
넌 웃고 있을까
겁이 나

침대 밑까지 초록으로 끈적끈적했다
멋진 옥탑이야
너의 손을 붙들고 말했지만

초록이 모두 녹으면 그 자리엔 무엇이 남을까

해를 따라 붉어진 나무가
계절을 기다리고 있다

애초에 불가능한 일

가령 잠을 덜 자려고 마음먹었을 때
나란히 놓인 물웅덩이들이 목젖을 내려놓을 때

시계추 같은 목소리를 떠올리면
틈에서 새어 나온 리듬으로
맥박이 둥둥 뛰었다

말 잘 듣는 눈을 마주하고
서로의 무릎을 매만진다
태양이 규칙적으로 외면하는 무릎
젖은 낙엽만 골라 디뎌도 넘어지지 않도록

적의를 감출 수 없고, 감추는 건
애초에 불가능한 일일지도 모르지만
그건 뭐든 마찬가지일까 예를 들어 바람 같은 것

틈날 때마다 안개를 연습하고
매일 튜닝을 해도
걸음은 제 음을 내지 못하지만

나무의 밤은 흔들리고

오늘은 리듬이 되어본다

규칙적으로 사랑해본다

약속 장소

내일 너를 만난다는 생각에 손발이 차가워졌어 의도한 바는 아니었지만 괜찮았어 소화제를 삼켰지 몇 알을 삼켰는지 모르겠어 속도가 매우 빨랐거든 계속해서 구르는 소리가 났어, 어디서 났는지는 몰라 자주 모르는 일들이 일어나, 보란 듯이

내일 너를 만난다는 생각에 미리 그곳에 갔어 내일 일은 내일 생각해야 하니까 그냥이라는 말을 하면 너에게 혼이 날 테지만 의도한 바는 아니었지만 나는 그냥 미안해 트럭이 지나간다 아주 큰 트럭이

소화제가 몇 알이었는지 기억해야 해 그렇지만 감당할 수 없는 속도였다 너와 만나기로 한 장소가 어디인지 잊었잖아 길거리 아저씨들이 보여주는 발바닥을 자꾸 보다 잊었다 나는 의도하지 않았어 그냥 믿어주었으면

이쯤이 약속했던 장소일 거야 생각하는 그대로 된다고 네가 말했잖아 바로 이곳이 내일 우리가 만나기로 했던 곳 나는 차렷도 해보고, 열중쉬어도 해보며 너를 기다렸어

자꾸만 손발이 차가워 계절이 우는 소리, 빙하가 녹는 소

리 너의 목소리를 떠올린다 나는 너무 놀라 일부러 그대로
주저앉아 가로수 밑에서 돋아나는 잡초처럼 화가 났어 소화
제의 속도로 달려가는 오늘 여기가 우리의 약속 장소일 거야
내일 일은 내일 생각해야 하는데 내일 만나는 네가 누구인지
나는 알아볼 수 있을까

죽은 나무들

러시안룰렛이 얼마나 무서운 게임인지 아니?
잘 모르겠어요
총을 만져본 적도, 총소리를 들어본 적도 없거든요

아니 총 이야기가 아니야, 넌 이렇게 이해가 한 박자 늦다
러시안룰렛 말이야, 얼마나 끔찍한 게임인지 아니?

선생님은 꼭 러시안룰렛을 해본 사람처럼 말했다
관자놀이에 총구를 겨눠본 사람처럼 혹은 관자놀이로 총
구를 느껴본 사람처럼

죽은 나무가 산에서 발견됐다
침묵에 싸인 산, 한낮은 죽은 나무를 비켜가고 또 한 번
죽은 나무가 산에서 발견됐다

방에서도 발견됐다
죽은 나무는 함께 있기도 했는데 그 모습은 거대한, 하나
의 죽은 나무처럼 보이기도 했다
불씨를 키워 산이며 마을이며 모두를 삼킬 만큼 거대한

연기는 곳곳에서 피어났다

또 다른 죽은 나무는 주차장에서도 발견됐다
죽은 나무들은 너무 흔했다

선생님은 러시안룰렛 게임에서 어떻게 살아남았나요
넌 이렇게 이해가 한 박자 늦다

선생님은 꼭 러시안룰렛을 하고 있는 사람처럼 말했다
관자놀이의 위치를 정확히 겨눌 줄 아는 사람처럼
죽은 나무의 눈을 들여다볼 수 있는 것처럼

축축해지고, 딱딱해지는 다리

거울을 보니 검은 개가

검은깨를 볶는다
검고 검은 깨
타닥타닥 깨지는 소리가 난다

볶은 검은깨를 빻는다
절구를 고집하는 이유가 있다
합법적으로 합당하게
내려칠 수 있다

누군가의 얼굴이 떠오른다 창문은 벌게지고
고개를 저으면서 자꾸 손에 힘이 들어간다
으깨어진 볶은 검은깨가 절구 밖으로 튄다
자꾸 팔에 힘이 들어간다
먼지는 손으로 쓸어 털어버리면 그만
창문을 열고

빻은 볶은 검은깨를 꿀에 재운다
검은 머리카락을 얻을 수 있다
표정을 얻을 수 있다 불로장생이 가능하다
누군가의 얼굴이 떠오르면 힘이 더 세지겠지
온전하게 검은 눈동자

합법적으로 합당하게 내려칠 수 있나
다리까지 힘이 들어간다

재빨리 창문을 닫고

꿀에 재운 빻은 볶은 검은깨가
유리병 속에서 맛과 향을 더해간다

뿌연 창문을 닦는다
손과 발을 모두 동원해서

하얗고 단단한 실

이를 뽑는 방법은 오빠에게 배웠다 하얀 실이 중요해 문고리와 이를 단단히 묶을 수 있는 하얀 실이어야 해 문을 재빠르게 여는 것도 중요하고 그런데 무엇보다 중요한 건 이가 흔들려야 한다는 거야

이가 조금만 흔들려도 오빠는 실을 꺼냈다 하얗고 단단한 실 문이 열리면 붉고 단단한 실로 변하는
내 이가 모두 흔들리고 나면 오빠는 무엇을 단단히 묶을까

우리는 책상 위에 이불을 덮어 만든 작은 집을 좋아했고 그곳에 오래 머물렀다 내가 두 손을 들고 항복해야 끝나는 전쟁놀이를 좋아했다 내가 두 손을 높이 들수록 오빠가 환히 웃었다 이를 드러내고 뛰며 흔들리는 오빠는 꼭 춤추는 것 같았다

지붕은 너무 높았고

곧 회색 줄기가 솟아오를 거야 뿌리는 흙을 단단히 묶을 거고 회색 줄기에서 돌이 피어나 멋진 바위로 변신할 거야 아무리 고무줄총을 쏘아도 흔들리지 않는 바위 나는 속으로 이의 후생을 부정했지만

지붕은 종일 흔들렸다 이불 집으로 내몰린 우리는 이불로 만든 문을 꼭 닫고 총소리를 들었다 오빠는 내 입을 열고 이를 하나하나 흔들어보았다 괜찮아 흔들리는 이가 없다 문을 열지 않아도 돼 흙에 묻고 온 이를 생각하자 그 바위에 틈을 내고 전쟁놀이를 계속하는 거야 내가 항복할게

　나는 이가 뽑힌 자리를 혀로 매만지며 지붕을 뚫고 솟아오르는 바위를 떠올렸다 우리는 꼭 춤추는 것 같았다

서랍의 눈

몸의 수식을 벗겨내려 모인 사람들

마찰을 근거로 수식의 조직체, 한곳으로 떼 지어 몰려갑니다

성글게 씻긴 울음은 목동이 되어

빛 한 점에 의지해 시간의 흔적을 쌓아갈 테지요

온탕 속 몸에는 곳곳이 손잡이

서랍에는 아지랑이 오르고요

원목 무늬가 새겨진 살을 잡고, 덜컹덜컹

서랍을 열어보고 싶습니다

달아나는 시간의 뿌리 속에 잠들고 싶어요

감정의 수원지였던 핏줄을 세어보는 것도

무턱대고 서랍을 열고

시시콜콜한 얼룩들을

빛 한 점에 더듬더듬 읽어내며 다시 탯줄을 연결하고 싶어요

그러다 핏줄에 엉겨 붙어 어둠 속에 기생하는 것도 좋겠습
니다

그러나 오로지 서랍장 밖에 서서 바라보라

서로를 벗겨내지 못하는 관계

죽음의 형식으로 이해되는 것들

모두들 제 무덤을 안고 깔깔댑니다

서둘러 나가자 서랍장의 파도가 밀물 때를 만나 숨들을 챙
겨 나오고

데굴데굴 굴러다니는 숲들

터널

터널로 진입했다
창밖이 밝다

승객들이 눈을 감고 있는지 뜨고 있는지
겨우 알아챌 수 있을 만큼의 밝기
고속버스에 설치된 화면과 창밖의 밝기는 거의 비슷하다
흐릿한 얼굴들이 일제히 한곳을 향하고 있다

산불이 정지했다
산은 검고 불길은 붉다
산등성이에 가까울수록 선명한 불길
솟아오르는 검고 하얀 연기
산의 중심부에는 한 톨의 산소도 남아 있지 않을 것이다
눈을 감고 고개를 흔든다
매캐하고도 구수한 냄새가 난다
붉게 그을린 얼굴들
흐릿하다

불타는 산에서
노루가 뛰고 새 떼들이 연기를 피해 날아갈 것이다
한 톨의 산소가 남아 있다면 폭풍처럼 불길이 세질 것이다

승용차는 고속버스를 추월한다
윤곽만이 떠돌 뿐

터널을 빠져나오자
흐릿한 얼굴들이 일제히 한곳을 향하고 있다
산불은 어딘가로 미끄러지고
한 여자가 다른 여자의 뺨을 때리고 있다
어떤 것도 정지하지 않았다
여자의 하얀 볼에 손의 윤곽이 뚜렷하다 붉다

어두운 창밖
승객들의 머리는 다시 검은빛을 떠고 있다
산불이다
산등성이에 가까울수록 밝게 빛나는 불길

입이 큰 사람

그와 나란히 앉아본 적 있네

다른 것은 기억나지 않는 그 사람
바람 같은 목소리 위로 쉬지 않고 밑줄을 그었네
그 위로 산비둘기 날아와 둥지를 틀고
눈송이 맞으며 함께 식사를 했지

나란히 앉은 그림자가 겹쳐질 때마다
나직한 비명을 흘렸고, 아무렇지도 않은 듯
지난 시즌 은퇴한 야구 선수에 대해
혹은 저무는 도시에 대해 떠들었다
아무쪼록 무사하길 바란다는 말끝에 몰래
몰래 검정을 칠하기도 하면서

사소한 바람은 괴담이 되어 영영 추방당하고
투명해질 기회를 얻지 못한 바람이 멀리 또 가까이 머물 때

소속이 없는 검정이 하나둘
우리의 식사에 참여하고, 검정이 하나둘
입이 큰 사람의 입속으로 날아가네, 저 산비둘기처럼
내가 눈송이 맞을 때 그가 노래를 불렀던가

유언 같은 멜로디가

일제히 입을 벌리는 저 바람이

입이 큰 사람

나는 그의 입을 본 적이 없네

내겐 길고 탐스러운 머리카락이 있었다. 엄마가(혹은 엄마만) 감탄
하는 길고 탐스러운 머리카락. 그것은 뱀처럼 바닥을 기어 다니거나
배수구를 막기도 했지만, 엄마의 자랑이기도 했다. 엄마니까 가능한
일이었겠지.

"우리 딸 머릿결이 너무 좋다. 나중에 엄마 머리가 많이 빠지면 네
머리로 가발을 만들어줘."

나는 꼭 그러겠노라 약속했다. 자신의 머리카락을 잘라 엄마에게
가발을 만들어주는 딸이라니. 세상에, 너무 효녀잖아! 난 삭발도 할
수 있어!

나는 자주 빗질을 하고, 일주일에 두 번씩 트리트먼트도 했다. 드라
이하기 전 에센스도 챙겨 발랐다. 두피 마사지를 하고, 염색 같은 건
하지 않았다. 엄마는 나를 위해 매일 검은콩과 검은깨를 챙겨주었다.

검고 즐거운 날들.

우는 데 소질이 있는 건 엄마를 닮아서 그렇다. 영화 예고편을 보면서 울기도 하는 일요일 낮. 그런 내가 부끄러워 슬그머니 엄마를 쳐다보면 엄마도 울고 있다. 내 그럴 줄 알았지. 내가 울면 엄마가 울고, 엄마가 울면 내가 울었다. 내가 울지 못할 땐 엄마가 대신 울었고, 엄마가 울지 않을 땐 내가 대신 울었다. 울음 동맹 같은 것. 한때는 내가 잘 울어서 시를 쓰는 것 같다고 생각하기도 했는데(엄마가 시를 쓰면 잘 쓸 거 같다는 생각과 비슷하다) 시와 울음은 관계없어 보이지만, 관계가 아주 없지도 않을 거다.

까딱하면 우는 내가 싫다. 울면 세상에서 최고로 억울한 표정이 되기 때문이다. 엄마는 내게 우는 게 건강한 거라고, 울어도 괜찮다고 말했다. 엄마는 조금만 무리해도 아프고, 난 위장병을 달고 사는데…… 얼마나 더 울어야 우리는 건강해질까. 그래도 난 다정한 의사 선생님이 좋고, 내 머리카락은 건강하다. 언제든 가발을 만들어줄 준비가 되어 있었다.

그러다가 얼마 전, 나는 머리카락을 싹둑 잘랐다. 그럴 만한 일이 있었다거나 몸이 아파서는 아니다. 그저 머리가 너무 길다고 생각했기 때문이다. 잘린 머리는 가발이 되지 못하고 미용실 쓰레기통으로 쓸려 갔다. 엄마는 짧은 머리도 잘 어울린다고 해주었다. 엄마니까 가능한 생각이겠지. 엄마에겐 희고 탐스러운 머리카락이 있다. 매달 경아 미용실에서 2만 원 내고 파마와 코팅을 하는 희고 탐스러운 머리카락. 우리에겐 희고 아름다운 날들이 펼쳐질 것이다.

짧아진 머리를 쓸어 넘기며 우리가 한 약속에 대해 생각한다. 그러니까 네가 가진 것을 내달라는 부탁과 내 것을 선뜻 내주겠다는 마음. 당신에게 줄 것을 가꾸고, 또 그 일을 돕는 일. 하지 않아도 되고, 실은

할 필요도 없는 약속들. 그 약속을 마음대로 깨버리고, 또 다른 약속을 기약하는 일. 이런 약속들이 모여 내일이 오게 한다.

내가 사는 오늘은 약속보다는 계약의 세계다. 나는 짧게는 6개월, 길게는 1년 단위로 내일을 꿈꿔왔다. 받는 돈만큼 내가 가진 것을 내주는 생활. 어쩌다 2년짜리 적금을 들면 1년 뒤 해지하게 될까 봐 걱정하는 나날. 운이 좋게도 나는 안전한 곳에서 일해왔고, 계약 사항도 잘 지켜지는 편이었다. 적은 돈이나마 저축도 할 수 있었다.

아직도 많은 사람들이 안전하지 못한 곳에서, 계약 사항도 지켜지지 않은 채 자신의 것을 내주고 있다. 목숨까지 내줄 때도 있다. 그럴 때면 나는 화가 난다. 화가 나서 눈물이 난다. 당장 할 수 있는 행동이 우는 것밖에 없어서 더 눈물이 난다.

이런 세계에도 미래가 있나. 정말 우리에게 더 나은 미래, 더 큰 미래, 더 많은 미래가 가능할까. 언젠가부터 나는 미래를 꿈꾸지 않는다. 미래는 너무 멀고 아득하기만 하다.

언제든 누군가에게 선물하겠다는 마음으로 가발 만들 준비를 하다 보면 내일이 올 수 있다. 누군가 울 때 따라 울면 내일이 가능할 수 있다. 당신의 것을 내달라고 부탁할 사람이 생기면 내일이 올 수 있다. 나의 것을 내준다는 마음이 내일을 불러온다. 그런 마음으로 우리는 내일과 만날 수 있다. 그런 약속으로 내일이 단단해진다.

우리는 울음 동맹이다. 함께 울면 외롭지 않다. 내 눈물을 당신이 이해하지 못한다 해도, 당신의 눈물을 내가 이해하지 못한다 해도 함께 울면 덜 외롭다. 울음이 넘쳐나는 곳에 찾아가 함께 운다면, 그 눈물의 힘으로 오늘을 바꿔나간다면 1년 단위가 아니라 10년, 길게는 100년 후의 내일을 꿈꾸게 될지도 모른다.

누군가 나를 위해 자신의 것을 내준다는 믿음이, 누군가를 위해 내

것을 내줄 수 있다는 용기가 우리의 미래를 튼튼하게 가꾼다. 만약 그 약속이 깨진다 해도 또 다른 약속이 우리를 버틸 수 있게 해준다는 것을 알면 우리는 덜 위험하고, 덜 억울한 오늘을 살 수 있을지도 모른다.

나는 나의 방식대로 울음 동맹을 맺어나가고 있다. 그 가운데 하나가 시를 쓰는 것이다. 시는 내가 한 약속이다. 모자라고 나밖에 모르는 내가 나 말고 다른 것을 생각하겠다는 약속이다. 누군가 울 때 그곳에 함께 서 있겠다는 약속이다. 아무런 힘이 되지 않을 수도 있고, 오히려 해가 될 수도 있다. 그래도 그곳에 함께 서 있어보겠다는 약속이다. 들어보겠다는 약속이다. 내가 정성껏 준비한 것들이 쓰레기통에 버려진다 해도 또다시 무언가를 정성껏 준비해보겠다는 약속이다.

이런 내 마음이 지나치게 낭만적이고, 의미 없이 이상적이고, 촌스럽다고 여겨질지도 모르겠다. 그래도 나는 이 마음이 좋다. 남들도 한 얘기면 더 좋다. 더 많은 삶이 모이면 더 멋진 내일이 가능할 테니까. 그래봤자 매번 실패하는걸. 누군가 울 때 함께 울지 못할 때도 있고, 제대로 들으려 하지 않을 때도 있다. 먹고살기 힘들어서 외면할 때도 있다. 그래도 또다시 약속을 지키려고 시를 쓴다. 울고불고 시를 쓰고 나면 내일이 온다. 당신의 내일엔 내가 살고, 나의 내일엔 당신이 살 것이다. 즐겁고 아름다운 날들.

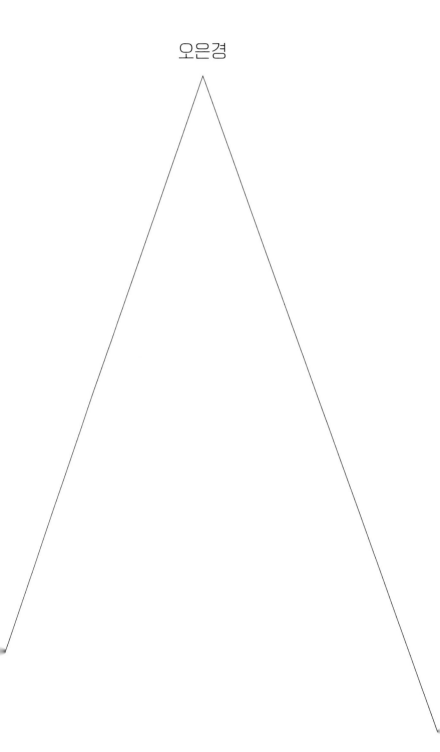
오은경

오은경은 1992년 광주에서 태어났다.

2017년 《현대문학》 신인추천으로 등단했다.

거듭 말하면 할수록 편지를 쓰는 기분에 갇히곤 했다.

그물망

노란 꽃 무더기 사이로 붉은 꽃잎도 보였다

자세가 위태로울 때마다
나뭇잎이 한 장씩 더 떨어졌다

너를 부축하지 않아도 된다면
부축하지 않았을 텐데,

산을 오르느라 나는
점점 눈치가 없어져가는 것 같았다
정상이 멀어서

다람쥐도 개구리도 달아나고 없었다

짐을 내려놓으려고 멈춰 선 너는
내 앞에서 무릎을 꿇었다

속상했다
먼지 들어간 눈을 감고 있을 때
덤불 파헤치는 소리가 선명했지만
네가 보이지 않을 만큼

순간 눈앞이 캄캄해져서

더는 손톱 안에 진흙이 끼면
안 될 것 같았다
내가 함께 갈 수 있을까,
지금은 한 발짝도 나아가지 못하겠는데

나뭇잎이 가득 흔들리고 있었다

지진

할머니를 알아보지 못했다
한 번 뵌 것도 아니었는데 나는
건물 안에 들어와서 나갈 수도 없었다
쏟아지는 빗물은 물감 같아서 세상을
파랗게 물들이는데
누군가에게 처음 마음을 고백받은 날이었다

젖은 청바지를 입고 있어도 좋았다

깨진 장독대처럼
건물 바깥으로 물이 쏟아지는데
내가 떠오르지 않는다는 게 신기했다
우리들 입김 위로 꼬마 유령이 맴돌고
눈이 시리도록 거센 빛을 발사하는 동안 단단하던
손바닥이 녹아내리고

천장에 이마가 닿았다, 분명 우린
헤어진 사이였는데

건물은 흔들릴 때마다 연인들을 괴롭게 하지,

주무시고 계신 할머니

머리맡을 나는 기어서 지나왔다

낭떠러지

얼마나 높지? 알고 싶으면 떨어져야지 물러나야 해 뒤로 걸어야 할 거야 내게 몸을 맡기고 눈을 감아봐 지금이 몇 신지 묻지

않았으면 좋겠어 중심을 잃지 않으려면 개의치 말고 필요한 것만 얘기해 그러면 나는 안심할 거야 그렇잖아 너니까, 다른 사람들이 알아본 거야 이만큼

큰 점이 있었어? 언제부터?

태어날 때부터 혹처럼 달고 있었는데 머리카락만으로 가려졌어 몇 년 전까지는 모자를, 최근부턴 다시 마스크를 쓰고 다녀 어때? 달라 보이지? 내가

거짓말했어 알겠지?

이유가 있었던 거야 낯설어?

내가 머리를 묶어줄까? 뒤로 돌아볼래? 네가 움직이는 편이 나아 나보다 민첩하잖아

나는 남들보다 체격이 클 뿐이야 자라면서 사람들 도움을 많이 받았어 모두들 내게 조심해야 한다고 주의를 주는데 왜일까? 끝까지 책임지지 않을 거면

약속하지나 말지,

나는 어떻게 되는 거야? 말해줘 재밌는 일 없어?

가만히 좀 있어봐

어때?

왜 그랬어? 너는 정말 나쁜 인간 같아 자신 없으면 어떻게
해야 해? 나는 왜 여기 있는 거야? 너는?

플라스틱

좀 더 예쁜 걸 상상하다가 웃어버렸다 눈앞의 풍경이 너무 이질적이어서

나는 분명 떨고 있었는데 이유를 잘 몰랐다 좋아하던 마음이 차가워지고 레인 부츠를 신은 것처럼 얼어붙은 마음이 나를 움직이게 했다 설명할 순 없을 거였다 비질하는 사람들 사이를 지나 빨리 복도를 나가고 싶었다 어둡고 음침한 공간에서는 안 좋은 일이 생길 것 같았다

몇 번이나 놀라곤 했다 내가 혼자가 아니라고 해도 마찬가지였을 것이다 실패해서 드나들던 건물 어디서 개 울음소리 들리지 않았다면

괜찮았을까, 어땠을까? 나는 왜 지금까지 개를 걱정하고 있을까?

저절로 한숨이 나왔다 내가 한심하다고 느껴졌다

인형

거울을 보니 이가 빠져 있었다 다시 확인해보니 이가 부러진 거였다

입을 벌려야지만 보이는 송곳니와 어금니 어디쯤의 중간에서 앓던 이가 사라지고 우리 집 몰티즈가 계속 눈에 들어왔다

개의 눈은 사탕처럼 크고 빛났다

시계 초침 소리가 귓속을 회전하는데 텔레비전도 벽시계도 사라지고 없었다

그때 나는 들고 있던 숟가락을 내려놓았던 것 같다 짙푸른 커튼 색이 무척 아름다워서

쌀밥은 딱딱한 모형 같아졌지만…… 파티는 내내 끝날 줄을 몰랐다

기둥에 묶인 끈이 흩날렸다 목적을…… 잃어버린 기분이었다 조금 전까지만 해도 기댈 게 있었는데 더는 그러고 싶지 않았다 마지막……

문인 것 같았다 내가 방향을 바꾸면 바꾸는 대로 커튼을
덮어쓰기 바쁜 탁상시계, 나의 강아지, 몰티즈

나는 언젠가부터 우리 집 거실에 와 있었다

빗금

너무 많은 곳을 다녀왔다

알약을 한 알 삼키고 나머지는 다시
서랍 속에 넣는다
누군가 약을 먹게 된다면 나는
또 다른 곳으로 가야 할지 모른다

어느 날 문득 서랍을 열었을 때
비어 있다면 슬플 것이다
실내를 가득 채운 커다란 서랍장을
나 혼자 힘으로 옮길 순 없을 테니까

다른 사람이 들어올 수 있도록
문을 열어놓은 다음 나는
사라지는 절차를 따를 것이다
즐거울 것이다
흘러나오는 웃음을 참으려다 누군가
몇 걸음 물러나는데 더워서
계속 땀을 흘리고

땀이 닦이질 않아서

나는 끝내 아무것도 기대하지 않는다

텔레비전

침대는 희다
……

어젯밤, 동행한 사람이 기억나지 않는다
……돌아온 것만은 분명한데 지쳐서
늦잠을 잘 것 같았다

낯선 사람이 그를 데려가기라도 한다면
나는 어쩌지, 정말 어쩌지? ……나는
누구에게도 현관문을 열어주지 않을 작정이다……

마음이 흔들리면
침대 위에 누워 텔레비전을 켠다

그러면 편안해질 수 있을까? 한 번이라도
진짜 그랬던 적이 있었을까?
나는 매번 불편했지…… 적어도…… 적어도
예능을 보고 뉴스를 듣고 웃고 울었으니까

손에서 리모컨을 놓지 않았다
프로가 끝나면 침대만 희미하게 남아서
방 안을 가득 물들이는데 어떻게…… 내가

이만큼 깨끗해질 수 있는지 정말 놀라운 일이다

철거

이곳은 차츰 어두워진다

나를 굽어보게 된다

나는 참 명백하다

여전히 고개가 무겁다

누군가를 막아선 것처럼

아니 막아서야만 하는 것처럼

나는 서 있다

언제부터였지?

주변 시선을 의식하지 않게 된 것은

허리를 숙이고 걸으며

한순간도 잘못되었다고 생각하지 않았다

바르지 않은 게 좋았다

아니다

될 수 있는 한 서두르면 안 된다고

빠트리는 게 생길까 봐 겁난다는

이야기를 들었다

누가 한 말이었을까?

고개를 돌리는 순간

내가 원인이었던 것처럼

건물 한 채가 무너진다

건물 바깥으로 나갈 수가 없었다

가출

저걸 버리면 어떡하느냐고 오빠가 물었다. 오빠는 현관문 바깥을 가리키며 나를 바라봤다. 나는 그것을 자신에게 다가오라는 뜻으로 이해했다. 오빠는 좁은 보폭으로 걸었고 어떻게든 나를 스쳐 가게 될 거였다. 나는 꼼짝없이 걷고 있었는데 이상했다. 오빠의 시선은 내가 아니라 나의 등 너머로 향하는 듯했다. 복도를 지나고 닫힌 방문을 열었을 때야 개방되는 방들은 지저분한지 깨끗한지 상태를 가늠하기 어려웠는데 오빠는 다 알고 있는 듯했고 곧 오빠의 판단에 따라 방의 운명이 결정될 거라는 이상한 생각들에 빠져들었다. 내가 뒤를 돌아본다고 해도 방은 방대로 변하지 않고 그대로 자리할 거였는데 이 경우에 내가 할 수 있는 결정은 어리석은 선택뿐인 것 같았다. 늦었다는 생각과 함께 그것을 긍정하듯 따라오는 나의 두 발에는 양말이 신겨 있었다. 나는 양말을 벗어야 한다는 강박에 사로잡혔고 미끄러졌다. 오빠의 시선이 한곳에 멈춰 있다고 느꼈다. 그곳에 있는 게 내가 아니라 나의 벗겨진 양말 한 짝이라는 것도. 남은 양말 한 짝도 벗겨달라고 말했지만 오빠는 듣지 않았다. 오빠는 이건 트릭이다, 반칙이고 위반이라고 했고 나는 오빠가 중얼거리는 사이 남은 양말 한 짝도 벗었다. 바닥에는 어느새 양말 네 짝이 떨어졌는데 불결했다. 아빠의 부탁 때문에 심부름을 나가야 한다고 여겼는데 집을 나오는 일이 아빠의 바람은 아니었고 결국 책임은 오로지 나의 몫이라는 사실도.

날개들

어쩐지 아무것도 할 수 없었는데요

배가 고파서 일단 먹었어요 닥치는 대로 보이는 거라면 전부다

입으로 가져가는 어린아이처럼 울었는데요

밀봉된 상자를 뜯어내는 일이 우선이었어요

어떤 상자는 구멍 나 있었어요 뒤집었을 때야 비로소

빈 상자가 아니라는 사실을 알게 되었어요

바닥이 새하얬거든요

편하게 잠들었던 기억도 옛일이 돼버린 걸까요? 스르르

눈꺼풀이 감겼던 것 같아요 그때

눈을 뜨지 않았다면

뒷걸음질 치던 당신이

의자에 앉던 모습을 영영 못 봤을까요?

당신과 당신이 숨겨놓은 선물에 대해 모르고

토하고 먹고 토하다가 잤을 거예요

평소 같았으면 당신과 오붓하게 밥 먹을 시간인데

밥상을 차릴 재료가 없거든요

제발 움직여주세요

차라리 나를 괴롭히세요 웬만큼은 나도 다 소화할 수 있는데

나를 두고 당신 혼자 배를 채우고 온 건 아니죠?

꿈에 어둠 속 터널이 나왔다. 나는 그 끝을 떠올리다가, 손바닥 크기

의 나뭇잎이 거위로 변한 다음 들썩이는 모습을 바라보았다. 내가 움직

이는 순간, 눈앞에 있는 대상들은 모습을 달리했다. 잠에서 깨어나기

직전에는 꿈속의 사람들이 대열을 이뤘다. 나 또한 대열 안의 사람들처

럼 앉은 자세로 나아갔다. 누군가에게 불려 나간 아이 한 명만 대열에

서 이탈해 있었다. 아이를 붙잡은 사람은 아이의 작은 몸에 가려 보이

지도 않았다.

이어서 쫓기는 꿈을 꿨다. 언덕 위의 사람들 틈에서 나는 바쁘게 뛰었다. 이유도 목적도 모른 채 계속 달렸는데, 언덕 아래에서 한 무리의 사람들이 올라왔다. 그들은 언덕 위의 사람들과 외양은 비슷했지만 움직임이 달랐다. 지친 기색이 역력했고 언덕 위의 사람들처럼 달리거나 하지 않았다. 걸음걸이와 땀을 식히는 방법 또한 제각각이었다. 검은 정장을 입은 남자들은 한 손에 재킷을 든 채 넥타이를 풀어헤치거나 앞머리를 뒤로 넘기기도 했다. 단발머리를 한 여자들 중에서는 립스틱이 번질 만큼 세게 입술을 문지르던 사람이 인상적이었다. 언덕과 가까워질수록 사람들의 차이는 분명해졌다. 같은 사람의 여러 시간과 장면을 목격하는 기분이었다. 한 무리가 올라오고 나면 언덕 아래에 또 다른 무리가 나타났다. 무리가 교체되는 간격이 조금씩 빨라졌다. 나는 패턴을 이해하고 싶었다. 쫓는 사람과 쫓기는 사람은 쌍둥이처럼 비슷했다. 누가 누구를 지목하느냐에 따라 역할이 나뉘는 것 같았다.

쫓기는 사람이 술래였다. 술래는 그와 똑같이 닮은 존재로부터 달아나는 자였다. 끝없이. 만약 술래가 쫓게 된다면 그들은 나아갈 수 없었다. 꼬리를 잡으려는 듯, 같은 자리를 맴돌기만 했고 그 모습은 뒤엉킨 실타래 같았다. 방사형으로 펼쳐져 있던 공간은 조금씩 생활하기 편한 공간으로 변화했다. 쫓는 자도 쫓기는 자도 사라진 것 같았다. 누구도 헐떡이거나 지친 기색이 없었다. 그곳은 평화롭고 고즈넉한 빌리지였다. 나는 작은 카페에서 아주머니 한 분을 만나 담소를 나누었다. 아주머니는 동네의 분위기가 아이들 교육에 좋지 않은 것 같다고 말씀하셨다. 나는 수긍했다. 아주머니가 자신의 아이들을 자랑스럽게 여기고 있다고 느꼈으니까.

긴 시간을 자고 일어나니 두통이 생겼다. 방 안이 푸르렀다. 그늘이

깔린 것 같았다. 핸드폰을 켜서 확인해보니 5시를 넘긴 시각이었다. 나는 무작정 화장실로 향했다. 작은 창문 너머로 굴착기 한 대가 보였다. 자재 더미 위에 굴착기와 그 곁을 지키고 선 인부 한 명이 있었다. 사이사이 눈이 드러났다. 굴착기가 반쯤 남은 건물을 삽으로 내리쳤다. 건물이 허물어지는 것과 동시에 굉음이 들렸다. 영은에게 전화를 걸었지만 발신이 되지 않았다.

같은 날 오전까지 영은과 함께였다. 우리는 전날 밤, 같은 호텔에서 잤다. 침대는 두 개였는데, 영은은 한쪽 침상에 바르게 누웠다. 잠들지 않겠다는 다짐과는 다르게 잠들 준비를 마친 것 같았다. 나는 영은의 한쪽 손을 올려 잡으며 어머니, 라고 불렀다. 깨어나라고 손을 흔드니까 영은은 딸아, 너는 손이 무척 따뜻하구나, 라며 나를 바라봤다. 영은은 손이 찼다. 눈을 깜빡이는 모습이 낯설었다. 오랜만에 마주하는 이미지였다. 중학교 때였던가, 그때의 얼굴이었는데 내가 간직한 기억이 있었다. 전등을 끈 객실 안은 캄캄했다. 나는 희고 두꺼운 이불 속으로 들어갔다. 패딩을 벗지 않은 채로 잠이 들었다. 따뜻한 니트까지 껴입은 상태였다.

아침에 일어났을 때 영은이 내 앞에 서 있었다. 은경아, 이거 봐봐, 라고 나지막한 목소리로 나를 불렀다. 창문 너머로 바깥이 빛났다. 밤새 내린 눈이 쌓여 있었다. 영은은 전화를 받고선 호텔을 나갔다. 그리고 10분쯤 지나서 숙소로 돌아왔다. 영은이 저녁때 합정동 카페에서 만나자고 제안했다. 약속 시각은 저녁 7시였다. 우리는 체크아웃 시간을 지키기 위해 졸린 눈을 비비며 바깥으로 나왔다. 눈밭 위로 발을 내디뎠다. 올해의 첫눈이었다. 나는 영은의 뒷모습을 핸드폰 카메라로 찍었다. 사위가 고요했다. 영은과 함께 전철에 탔다. 각자 목적지가 달랐다. 영은이 나보다 먼저 내렸다. 나는 망원동으로 돌아왔다. 철거 작업이 한창이었다. 현관문을 닫고 방으로 향했다. 발밑이 진동했다. 창문이 미세하게 흔들렸다. 온수 매트의 전원을 켜고 침대 위로 올라왔다. 나는 패딩 속으로 무작정 고개를 묻었다. 편안했다.

저녁때 핸드폰을 들고 약속 장소인 카페로 향했다. 통신사 건물 화재로 인해 지역구 전체가 통신망이 끊긴 상태였다. 핸드폰 메시지도 보내지지 않았다. 나는 준비해온 노트북을 꺼냈다. 창밖으로 눈이 내렸다. 굵은 눈발이 분분했다. 쌓인 눈 위로 사람들이 조심스럽게 걸음을 뗐다. 책가방을 멘 아이들과 그 부모들, 인근에 사는 주민들이 대부분이었다. 영은이 카페에 도착했다. 약속 시간보다 30분 늦었다. 영은은 거듭 사과하며 몇 번이나 전화했는데 연결이 되지 않았다고 했다. 몇 시간만의 재회였지만 오랜만에 만나는 것처럼 반가웠다.

한 손에 커피가 담긴 유리컵을 들고 영은이 맞은편에 앉았다. 카페 안에는 빈자리가 없었다. 분주하고 소란스러웠다. 영은의 목소리가 잘 들리지 않았다. 나는 목소리를 높였다. 그렇지만 동행이 있는 사람들 전부가 나와 같이 행동했다. 실내는 점점 더 북적였다. 얼마간 시간이 지나자 사람들이 하나둘 떠났다. 영은이 우리도 이제 그만 일어나자고 말했다. 우리는 젖은 눈 위를 걸었다. 발을 뗄 때마다 운동화 앞코가 조금씩 더 젖었다. 눈밭 위로 길고 반듯한 발자국이 생겼다. 우리는 함께 내 방으로 돌아왔다. 나는 영은에게 하나뿐인 침대를 내주고 혼자 집 밖으로 나왔다. 밤이 되어 중단된 공사 현장을 지나 골목에 들어섰다. 눈이 금세 녹아 있었다.

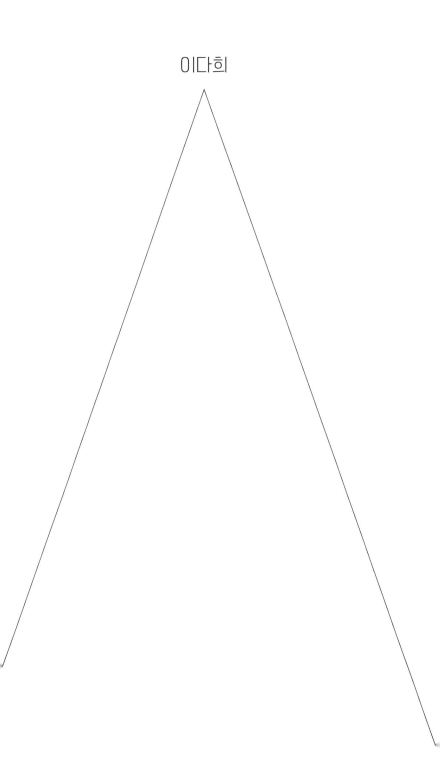

이다희

이다희는 1990년 대전에서 태어났다.

2017년 〈경향신문〉 신춘문예로 등단했다.

하루와 내가 이상한 거래를 하고 있다. 주고받는 것이 닳아 없어

질 때까지.

( )

여는 괄호와 닫는 괄호 사이에 서 있었어요. 주머니에서 엉켜버린 이어폰 줄을 꺼냈어요. 엉켜버린 이어폰으로는 노래를 들을 수 없어서. 이어폰 끝을 잡고 매듭을 풀어갔어요. 이어폰을 처음 갖게 된 날, 나는 내가 내성적인 사람이라는 걸 알게 됐죠. 내성적이고 우울한 내가 튀어나와 하루 종일 울었어요. 너무 행복하고 결국 불행했어요. 귀가 점점 들리지 않아서 목소리가 커지는 사람처럼 나는 크게 이야기했어요. 아무 말이나 할 수 있을 것 같아요. 안녕하세요! 처음 뵙겠습니다! 노래 부를까요? 방금 날아간 나비 보셨나요? 노래 부르셨어요? 귀가 점점 나와 멀어져갔어요. 날아가는 노래를 귓속에 잡아둔다고 해도 그게 나비가 아니듯이. 결국 나비와 노래를 거래하는 방법을 찾지 못했어요. 서로가 서로를 바꾸지 않았어요. 이어폰 밖으로 쏟아지는 노래가 들렸어요.

늦게 오는 자장가

태양은 오늘 조금 늦게 일어났다

세계에 조금 지각한 것이다

꿈을 꾸는 얼음이 옆에 있던 얼음과 붙었다

아주 낮은 온도로 붙었다

얼음과 얼음이 붙어 얼음이 되는 장면은

태양의 꿈이었다

태양이 계속 되감아보는 장면이었다

눈을 감아도 계속 들려오는 자장가였다

자장가 속에서 계속 살아가는 차가운 휴일이었다

휴일 첫날 포기한 자식이었다

큰 개가 꼬리를 잡겠다고 원을 그리며 빙빙 돈다

돌다가, 돌다가 계속 돌다가

갑자기 주저앉는 바로 그 자리였다

앞발로 허공에 계단을 만들고 계단이 열리면

얼음이 쏟아졌다

하루는 내 옆에 붙어 마지막이 된다

나는 하루가 가장 좋아하는 장면이었다

큰 개가 공을 물고 뛰어온다

나는 축축하고 뜨거운 공을 하늘 높이 던졌다

나는 이를 악물었다

지각하지 않으려고 눈을 떴다

물의 방

　방은 수영장과 나란히 있었다. 물은 잠잠하지 않았다. 바람이 불면 부는 대로 물은 휘청거렸다. 벽지에 그려진 무늬는 일정한 간격을 두고 반복된다. 정확히 알 수 없지만 높은음자리표 같기도 하고 깃발 같기도 한 무늬다. 간이식 탁자에는 일회용 컵으로 마시다 남은 커피가 있고 재떨이가 있다. 이 건물은 전체가 금연 구역인데 방에는 재떨이가 있다. 주인은 신중한 것일까 너그러운 것일까. 벽지에 그려진 무늬를 센다. 반복되는 것을 세는 일은 쉽지 않다. 나는 거의 다 센 숫자를 잊어버린다.

　물그림자가 벽지에 닿아 흐트러진다. 끝까지 가지 못해서 다시 숫자를 세야 한다. 숫자를 세면서 얻는 것은 숫자를 세고 있다는 사실뿐이었다. 숫자가 하나씩 커질 때마다 이전 숫자를 잊어야 한다. 나는 반사되는 빛에 눈을 뜬다. 침대에 앉아 새벽 공기가 차갑다고 느낀다. 반사된 물그림자가 아름답다고 느낀다. 겨우 아름답다고 말할 수 있는 건 물그림자까지다. 두 발이 바닥에 닿았다.

어항 앞에서

수초는 초록색 물고기는 파란색
어항을 앞에 두고 아빠는 며칠을 가르쳤다
아이는 구별이 없다 수초와 물고기가 동시에 일렁인다 아
이들의 성별은 쉽게 구분되지 않는다 짧은 시간을 지나면서
아이는
아빠의 장례를 지낸다
아이는 울지 않는다 아이가 아이보다 커서 아이는 뛴다 달
음박질한다 언젠가 가닿을 벽을 향해 뛰는 아이를 잡아채는
아빠는 죽었다

수초는 초록색 물고기는 파란색 아이는 중얼거린다
아빠가 누구에게도 말하지 않아 색맹의 비밀은 당사자에게
만 알려졌다

아빠는 어항을 뚫을 듯 쳐다본다

수초는 초록색 물고기는 파란색…… 그러나
어두운 밤에는 그게 그거다……

어항은 뚫리지 않고 며칠에 며칠을 더한 어느 어두운 밤
아빠는 중얼거린다

(하지만 바닥의 외로움은 당사자에게만 알려져 있다는데
그는 뭘 보고 사는 걸까⋯⋯)

아이는 벽을 향해 돌아눕는다 지금부터는 텅 빈 곳이 이마
에 고인다

얼음 아래에 두 발이

우유를 끓이면 표면에 눈으로 쉽게 알아볼 수 없는 막이 생긴다

입술로 얇은 막을 잘게 찢어가며 우유를 마신다 우유는 아직 뜨겁다

아침에 드는 한기가 우리를 조금 사랑스럽게 만들 수도 있다

손목시계가 아침의 빛을 받아들여 반짝거린다 나는 아직

어슴푸레한 거실의 한 공간에 손목을 움직여 빛을 쏘아댄다 직사각형으로 떨어지는

빛이 거실을 유령처럼 배회한다

나는 바깥으로 나온다

바깥에서 내 얼굴을 확인하고자 하는 희망이 있다

언제나 그런 희망으로 나왔다 내가 사는 곳은

아몬드 나무가 자란다

나는 아몬드의 맛을 알지, 씹으면 둥글게 퍼지는 고소한 나무 냄새를

나무 냄새가 지나고 옅게 남은 떫은맛을

길가를 걷는데 나뭇잎이 손에 걸린다

검지와 중지 사이에 나뭇잎이 비스듬히 걸려 있다

나는 나뭇잎에게 어디로 가고 싶은지 묻지만

나뭇잎은 답이 없다

거리의 불빛은 얼마 지나지 않아 소등되겠지만
완전히 어둡지는 않은 곳으로 사람들이 몰려 있다
모퉁이를 돌 때마다 모르는 길이 생긴다 모르는 길과
아는 길이
이어지는 순간에는 약간 현기증이 났다
너는 어디에 있지…… 우리를 부르듯 나를 불러야 한다
강이 얼었다

얼음이 얼어야만 들어갈 수 있는 길이 생긴다
나뭇잎을 버려두지만
나뭇잎은 얼음을 뚫고 들어가지 않는다
입구가 없으므로 출구도 없는 곳에
속까지 얼지 못해 몇 마리 물고기 헤엄에 그림자가 진다

외설이 지나가고 슬픔이 지나간다

나는 총알을 장전한다

한 발로 적을 죽일 자신이 없으므로 총이 허락하는 총알

전부가 필요하다

기껏 모든 준비를 마치고도 나는 용기가 없어

손끝이 냉정하지 못해서

급기야 총으로 적의 뒤통수를 가격한다

비명을 지르며 총알 대신 나는 나가버린다

총을 쏠 용기가 없어서 더 큰 용기를 내버리는 사람이다

아, 괜히 뒤통수가 아프다

꿰맨 자국을 보여줘 이 영화에서 흉터는 통행증이 된다

동료를 만나고

애인의 죽음 앞에서 소소한 면죄부가 된다

하지만 내가 가장 사랑하는 외설은 거울에 있지

아주 가까이

거울의 얼굴은 온통 뒤통수뿐이라

까끌까끌 민둥민둥한 슬픔이 지나간다

이 영화 속에서 나는 언제 울게 될까

외설이 지나가고 슬픔이 지나간다 볼륨을 0으로 맞춘 거

울은

깨질 때
최대치의
비명을
지른다

뒤로 감기

옷을 벗는 일과 입는 일이 다르지 않아서
들어오는 사람과 나가는 사람이 같아서
비명이 조용히 침묵을 수습하고
()이 팽글팽글 돌기 시작한다
용기에 용기를 덮어쓴 나는 적의 뒤통수를 피해 달아나기
시작한다
적을 똑바로 노려보면서 뒷걸음질 친다

나는 내가 멈췄다는 환영과 함께 걷는다

적의 뒤통수가 말라간다

심장이 귀로 떠밀려온다
더 이상 심장이 두근거리는 소리를 들을 수 없다

목전까지 다다른 소리는 들을 수 없다

멀리서

두 사람이 함께 거울을 본다면
한 명은 먼저 고개를 돌리고 만다

입구가 큰 가방

오랜만에 만난 친구와 커피를 마신다. 친구의 버릇은 그대로다.

굳이 뜨거운 커피를 시켜 손 한번 대지 않다가 차갑게 식은 후에 들이킨다.

친구는 입에 들어오는 음식을 모두 그런 식으로 먹고 마셨다.

왜 우리가 오랫동안 만나지 못했을까? 만난 날들도 만나지 않은 날들도

이상하게 느껴지는데 나는 친구의 성(姓)이 기억나지 않는다. 김이거나

박이겠지, 아니면 더 특이한 성일 수도 있다. 무엇이어도 이상하지 않아서 나는

다른 이름들을 속으로 중얼거렸다. 가방에는 물건이 많이 있다. 먹을 것도

조금 있다. 지금 당장 이 건물이 무너져 친구와 갇힌대도, 이 가방으로 며칠은 버틸 수 있을 것이다.

나는 입구가 큰 가방을 메고 카페를 나왔다. 왼쪽 어깨에 가방을 멨다. 안보다 바깥이 더욱

밝았다. 건물이 무너지는 상상 같은 것은 금방 휘발되었다. 나는 성을 모르는 친구와 갇혀 가방에 있는 음식으로 버틸

필요가 없다.

나의 어깨는 가방을 멜 때 수평을 이루고, 메지 않을 때도 수평을 이룬다. 왼쪽 어깨에 가방을 메는 버릇은 한 번도 바꾼 적이 없다. 왼쪽 어깨는 예전부터 좋지 않았다. 오른쪽 어깨에 가방을 메면 마치 가방을 처음 어깨에 메보는 순간 같다

나는 그런 순간이 있기라도 한 것처럼 상상을 한다.

가방을 처음 메는 순간은 없다. 나는 친구를 부른다. 성을 붙이지 못한 이름으로만,

다정하고 이상한 호명이다.

아침 오믈렛 1

밥을 먹을 때는 밥을 먹어야지 책을 읽지도 말고 핸드폰을
보지도 말고
자기 앞 접시에 충실해야지

어떤 여름이든 아침이면 왜 이렇게 항상 서늘한 건지 모르
겠어
나는 고개를 숙이고 입속으로 사라지는 오믈렛에 집중한다

오믈렛에도 형식이 있나 온도가 있나 어젯밤 꿈에서 되다
만 이야기들은
아침에 부딪혀 잘게 부서진다
이야기는 납작하고 뭉근한 오믈렛에 떠밀린다

자라다 만 아이들은 담벼락에 꽂혀 피어난다 호기심으로
눈이 반짝거려도
매일 아침 배가 고프다
누가 닦아놓은 듯이 윤이 나고 작은 껍질을 가진 벌레가
거실을 가로지른다

화가 날 때와 당황할 때 나는 같은 표정을 짓는다
기억상실의 표정은 닦아도 닦아도 같은 거울로 떠오른다

아침 오믈렛 2

밥을 먹을 때는 밥을 먹어야지 화가 날 때는 화만 내는
거야
태어나자마자 완성된 표정을 지닌 얼음들
씹어 삼키면 입을 떠나 몸속 어딘가에서
온도를 잃고 형식을 잃어버리는

태어나서 집 밖으로 나간 적 없는 아이와 태어나자마자
길에서만 살았던 아이는 서로 만난 적이 없다
얼음이 몸속에서 사라지는 순간이 기억난다
나는 오믈렛에 나를 맡긴다

모래시계 장난

나의 폴란드 친구 피터. 폴란드 발음은 너무 어렵다고 하니까 피터는 자신을 피터라고 부르라 했다. 우리는 피터로 합의를 봤다. 낯선 언어를 쓰려고 혀를 굴리다 보면 입안에 처음 마셔보는 음료수가 한가득 들어 있는 것 같다. 혀를 다르게 굴리느라 너무 힘들었어. 언젠가 혀가 스스로 굴려지는 날이 오겠지. 내 이름을 말해주니까 피터는 난색을 표한다. 자신이 싫어하는 단어와 내 이름이 비슷하다는 것이다. 억울하다. 내 이름이 얼마나 좋은 뜻인데. 나는 친절히 한자로 내 이름을 풀이해주려다 말았다. 그럼 넌 날 뭐라고 부를 거야? 내게 영어 이름을 지어줄 거야? 그러다 우리가 헤어지면 나를 영어 이름으로 그리워할 거니? 좀 로맨틱하지만 어쩐지 슬픈데. 피터는 내 한국말을 반의반도 알아듣지 못하면서 알아들었다는 듯이 끄덕인다. 멍청이 같은 피터. 왜 우리는 대화를 나누면 둘 다 멍청해지는 걸까. 반의반도 못 알아듣는 피터 앞에서 나는 끊임없이 중얼거리네. 그때는 정말 힘들었어. 그렇다고 죽는 건 무서웠어. 그렇게 죽는 건 너무 로맨틱한 거야. 아무것도 해결하지 못해. 그런데 이렇게 살아가도 딱히 해결되진 않는다…… 그렇지, 피터? 좋아하는 사람이 생기면 왜 나는 시간을 거꾸로 짚어갈까. 머릿속에서 젊어진 시간이 날 등에 업고 이곳저곳 바쁘게 뛰어다닌다. 피터, 그렇지? 피터, 그런데, 있지, 내 눈에는 서양인들이 다 똑같이 생겼어. 네가 다

른 서양인들과 섞여 있다면 난 너를 알아볼 수 있을까. 매일
매일 너를 발견해야만 할까. 그건 너무 피곤한 일 아닐까. 모
래시계 장난으로도 벌써 시간이 흘러가고 있어.

인생에서 위태롭던 순간을 꼽으라면 여러 순간들을 떠올릴 수 있다. 최근에도 정해진 마감을 한참 넘겨 장문의 사과 메일을 썼고 메일을 쓰면서 추운 날씨에도 땀을 흘렸다. 여행을 갔을 때 소매치기를 당한 뒤 매장 한구석에서 운 적도 있다. 하지만 위기가 그다음 인생에 줬던 영향력을 생각하면 몇몇 순간이 추려진다. 그중에서 사춘기 이야기를 해보려고 한다.

사춘기가 또래보다 늦게 왔다. 고2 때로 기억하는데, 가족 관계와 친구 관계가 모두 무너졌다. 집에 있어도, 학교에 있어도 편하지 않았다. 처음에는 '다들 갑자기 왜 이러지?' 하고 당황하다가, 상황을 파악하기 시작하면서 오히려 그동안 관계가 유지되고 있었던 게 신기할 지경이었다. 사람에게 위로를 받을 수 없으니 라디오를 듣기 시작했는데, 자주 들었던 게 신해철의 방송이었다. 당시 그는 자신의 이름을 딴 라디오 프로그램을 꽤 오래 진행해왔고, 내가 듣기 시작했을 땐 이미 기존 청취자와 유대감이 깊어 보였다. 상담 코너가 있었는데, 많은 사연들이 내 상황과 별반 다르지 않았다. 거기서 오는 위로가 있었다. 또래의 삶이 나의 삶과 크게 다르지 않다는 위안. 더 인상 깊었던 것은 신해철의 태도였다. 그가 사연을 진지하게 듣더니 청취자 탓을 하는 것이었다. 그러고는 '별로 큰일이 아니다'라는 식으로 마무리를 했다. 그가 가장 많이 했던 말이 '그건 네가 관여할 일이 아니다', '두 가지 일은 별개의 문제다', '그건 네 생각일 뿐이다' 정도였다. 처음에는 정말 황당했다. 더 황당한 것은 내가 그 정떨어지는 말에 위로를 받고 있다는 사실이었다. 실상 나는 쿨한 사람이 아님에도 불구하고, 쿨한 태도를 배운 것이다.

　자학적 유머 코드와 특유의 음산한 분위기, 예술을 대하는 태도, 개인의 자유를 억압하는 것들에 대한 경멸 등등 그에게 받은 게 많은데, 문제는 그것만으로 해결되지 않는 일들이 계속 생긴다는 것이다. 이제는 자학적인 유머가 재미없고, 최대한 밝은 생각을 하고 싶으며, 예술을 대하는 태도는 섬세한 부분에서 달라진다는 것을 알고 있다. 그때의 나를 지금의 내가 만난다면 친해지지 않으려고 피해 다닐 것이다. 물론 지금의 나를 그때의 내가 본다면 속으로 경멸하지 않을까. 그때그때 상황에 대한 해독 작용으로서만 삶을 진행해나갈 수밖에 없다면—물론 다행스러운 일이지만—결국 나는 다시 익숙한 감성으로 돌아온다. 동시에 내가 중요한 것을 외면하고 있다는 느낌을 받게 된다. 시를 쓸 때 더욱 분명히 느낀다. 어느새 익숙한 감성으로 돌아와 생활을 이어간다. 이것이 꼭 나쁜 일인가?

나쁜 일은 아니지만, 시를 쓰면 쓸수록 뭔가 놓치고 있다는 감각을 잃지 않으려고 노력한다. 그의 음악을 즐겨 듣지 않으면서도 가끔 그를 떠올린다. 내가 정말 신해철을 극복한 것일까?

| 시집 |

대답 대신 비밀을 꺼냈다

1판 1쇄 인쇄 2019년 3월 29일
1판 1쇄 발행 2019년 4월 5일

지은이 · 김유림 박은지 오은경 이다희
펴낸이 · 주연선

총괄이사 · 이진희
책임편집 · 최고라 김서해
편집 · 심하은 백다흠 하선정 최민유 이우정 박연빈 허유민
디자인 · 권예진 이다은 김지수
마케팅 · 장병수 최수현 김다은 이한솔 강원모
관리 · 김두만 유효정 박초희

(주)은행나무
04035 서울특별시 마포구 양화로11길 54
전화 · 02)3143-0651~3 | 팩스 · 02)3143-0654
신고번호 · 제 1997-000168호(1997. 12. 12)
www.ehbook.co.kr
ehbook@ehbook.co.kr

잘못된 책은 바꿔드립니다.

ISBN 979-11-89982-06-5 (03810)

* 한국문화예술위원회 한국예술창작아카데미는 만 35세 이하 신진 예술가가 참여하는 연구 및 작품 창작 과정입니다. 2018년 한국예술창작아카데미 문학 분야는 시인 4인과 소설가 4인을 선정하였으며, 이 책은 한국문화예술위원회의 지원으로 제작된 시인 4인의 작품집입니다.